글 그림 한수지

벨기에 브뤼셀 왕립예술학교에서 일러스트레이션을 전공했습니다.
글을 쓰고 그림을 그립니다.
쓰고 그린 책으로 〈카키〉가 있습니다.

어떤 책

한수지

at|noon *books*

태어나 보니 집에는 수많은 책들이 빼곡하게 있었다.
그중에는 나를 위한 책도, 내가 읽을 수 없는 책들도 많았다.

책이 보여 주는 환상적인 이야기가 좋았고,
책 속의 멋진 인물들과 그들의 모험이 부러웠다.

하지만 이내, 무대의 뒤편을 보게 된 사람처럼
나는 책에 흥미를 잃고 말았다.

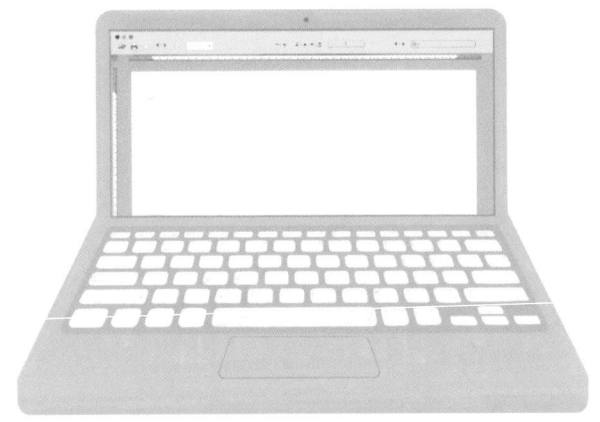

아빠는 소설가였다.

하지만 사람들 눈에 아빠는 동네 백수와 크게 다를 바 없었다.

아빠는 아는 게 많은 사람이었다.

하지만 사람들 눈에 아빠는 쓸데없는 것만 많이 아는 사람이었다.

아빠는 낭만적인 사람이었다.

하지만 사람들 눈에 아빠는 바람난 사람이었다.

아빠는 자주 창밖을 보는 사람이었다.

하지만 사람들 눈에 아빠는 보이지 않는 사람이었다.

책을 읽는 사람

엄마는 독자였다.

출판되지 않은 아빠의 책을 읽어 주는 유일한 독자였다.

엄마는 항상 앞서 걷는 사람이었다.

그녀는 여러 번 직업을 바꾸며 우리의 생계를 책임졌다.

엄마는 눈앞에 있는 것만 믿는 사람이었다.

그래서 그 어떤 소설도 더 이상 읽고 싶지 않았다.

엄마는 마음먹은 것은 하고야 마는 사람이었다.

그래서 어느 날 갑자기 이혼 서류를 놓고 떠났다.

책 속의 주인공

엄마가 집을 나간 후 얼마 지나지 않아, 방학이 시작되자
아빠는 소설을 쓰는 데 집중하고 싶다며 홀연히 떠났다.

집에는 아빠가 책이 안 써질 때면 말을 걸던 수많은 화분들과
엄마가 젊었을 때 좋아하던 어마어마한 양의 추리 소설들이 남았다.

나 역시 버려진 물건처럼 고요하게 그 자리에 있을 뿐이었다.

무더운 여름방학이었다.
하루는 길었고 햇볕은 충분하다 못해 몇몇 식물은 약간 그을렸다.

엄마는 돈을 보냈고, 아빠는 여행지에서 찍은 사진과 엽서를 보냈다.

더운 공기 때문인지 화가 난 건지 몸에 열기가 올랐다.

살결에 찬 마루가 닿아 시원하다. 눈을 감는다.

나른해져 잠에 취하다 깨기를 반복한다.

나도 시간도 중력 없이 부유하는 듯하다.

하나둘 자리를 잃고 사라진다.

눈을 떠 보니,

아무것도 존재하지 않았다.

아무것도 없는 우주는 아무런 혼돈도 없었다.

처음엔 그런 안온함이 좋았지만 점차 지루해졌다.

아빠가 이름 붙여 둔 식물들에 말을 걸기 시작했으며
엄마가 젊은 날에 읽었던 추리 소설을 탐독했다.

그 뒤론 우주에는 나 말고도 숨 쉬는 식물이 생겼고, 추리 소설의 단골 장소인 외딴섬, 저택, 밀실 같은 고립된 장소도 생겨났다.

낮에는 책 속에서 밤에는 꿈속에서 끊임없이 사건들이 일어났다.

시간이 더 흐르자, 아빠의 식물들은 원인을 알 수 없이 노랗게 변해갔다.

밖으로 나가지 않는 나날이 이어지자, 나가기가 더 막연하고 두려워졌다.

불면증은 더 얕은 잠과 더 많은 꿈을 만들어 냈다.

계속되는 꿈속에서 나는 어디론가 절박하게 도망가는 중이었다.

여느 때처럼 잠을 이루지 못해 비몽사몽이었다.

누군가 문을 억지로 따는 듯한 소음이 들렸다.

나는 읽었던 추리 소설 속 숱한 피해자들이 떠올라 소름이 끼쳤다.

부엌에서 칼을 드는 순간 문이 열렸고 경찰 두 명과 이웃 서너 명이 있었다.
서로 깜짝 놀라는 우스운 상황이 벌어졌다.

한 달 반 만에 사람을 보았다. 얼떨결에 복도로 끌려 나와 얘기를 나누었다.

얼굴밖에 모르는 이웃들이 괜찮냐며 걱정해 주었다.
해는 여전히 뜨거웠지만, 한결 건조해진 선선한 가을바람이 불고 있었다.

갑작스레 바뀐 계절감이 낯설었다.
하지만 시원하게 불어오는 바람이 싫지 않았다.

조금 걷고 싶어졌다. 오랜만에 보는 세상은
시끄럽도록 다양한 소리와 눈부시도록 다채로운 색상으로 가득했다.
나는 이상한 기분에 휩싸였다.

분명 질리게 본 밋밋한 풍경이 눈부셔 보이기도 하고, 가장 고립된 때에 잘 알지도 못하는 타인이 제일 먼저 나타나서 걱정해 주었다.

같은 문장이었는데 어느 순간 다르게 읽히는 기분이었다.
앞으로 벌어질 일도 결말도 알 수 없지만, 처음으로 이 세상에 대한 호기심이 생겼다.

그러다 문득 나는 이 책의 화자라는 걸 깨달았다.

우선 그동안에 밀린 청소를 해야겠다는 생각이 들었다.

그 뒤의 이야기는 천천히 써 나가도 늦지 않다고 생각하며 걸었다.

초판1쇄 인쇄일 2022년 10월 01일
초판1쇄 발행일 2022년 10월 26일

글	한수지
그림	한수지
펴낸곳	atnoon books
펴낸이	방준배
편집	정미진
디자인	BBANG
교정	문정화
등록	2013년 08월 27일 제 2013-000257호
주소	서울시 마포구 연남로 30
홈페이지	www.atnoonbooks.net
페이스북	atnoonbooks
인스타그램	atnoonbooks
연락처	atnoonbooks@naver.com
FAX	0303-3440-8215

ISBN 979-11-88594-22-1 07810   정가 15,000원

이 책의 글과 그림의 일부 또는 전부를 재사용하려면 반드시
저작권자의 동의를 얻어야 합니다.
ⓒ 한수지 2022

이 책은 경기도, 경기문화재단의 지원을 받아 발간되었습니다.